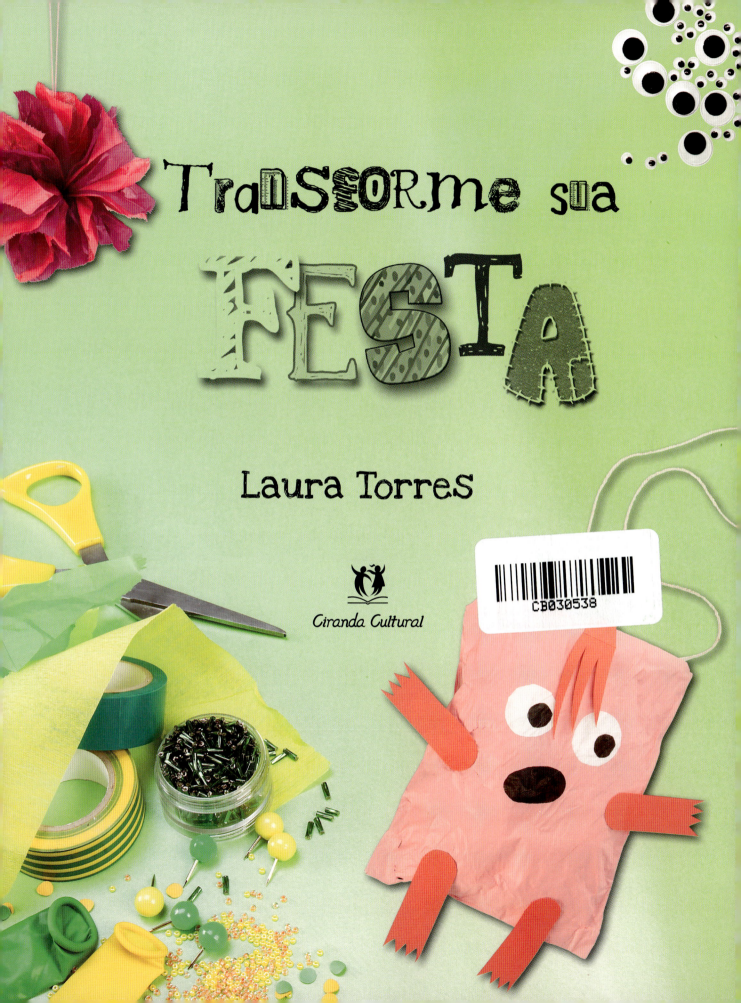

Editora: Eve Marleau
Designer: Lisa Peacock
Fotógrafo: Simon Pask
Execução dos projetos: Dani Hall

© 2010 QED Publishing

© 2011 desta edição:
Ciranda Cultural Editora e Distribuidora Ltda.
Rua Frederico Bacchin Neto, 140 – cj. 06
Parque dos Príncipes – 05396-100
São Paulo – SP – Brasil
Direção geral Clécia Aragão Buchweitz
Coordenação editorial Jarbas C. Cerino
Assistente editorial Elisângela da Silva
Tradução Janaina L. Andreani Higashi
Preparação Michele de Souza Lima
Revisão Adriana de Sousa Lima e Brenda Rosana S. Gomes
Diagramação Evelyn Rodrigues do Prado

1ª Edição
www.cirandacultural.com.br
Todos os direitos reservados. Nenhuma parte desta publicação pode ser reproduzida, arquivada em sistema de busca ou transmitida por qualquer meio, seja ele eletrônico, fotocópia, gravação ou outros, sem prévia autorização do detentor dos direitos, e não pode circular encadernada ou encapada de maneira distinta àquela em que foi publicada, ou sem que as mesmas condições sejam impostas aos compradores subsequentes.

Sumário

Materiais	4
Convites	6
Guirlanda de aniversário	8
Cartões de agradecimento	10
Amigo de meia	12
Boné de jornal	14
Sacolinhas de surpresa	16
Monstrinho	18
Amiguinhos de lã	20
Atirando balõezinhos	22
Enfeites de papel de seda	24
Crachás	26
Festão de aniversário	28
Transformando com estilo	30
Índice	32

Materiais

Às vezes, a melhor coisa da festa é a preparação. Por que não acrescentar um toque pessoal à sua comemoração? Com poucos materiais você pode transformar sua festa num evento único.

Muitos dos projetos deste livro utilizam itens que você tem em casa. Mas se não tiver exatamente o que precisar, improvise! Por exemplo, você pode usar papel comum em vez de papel crepom para fazer uma guirlanda de aniversário. Alguns projetos também podem servir como divertidas atividades para a sua festa.

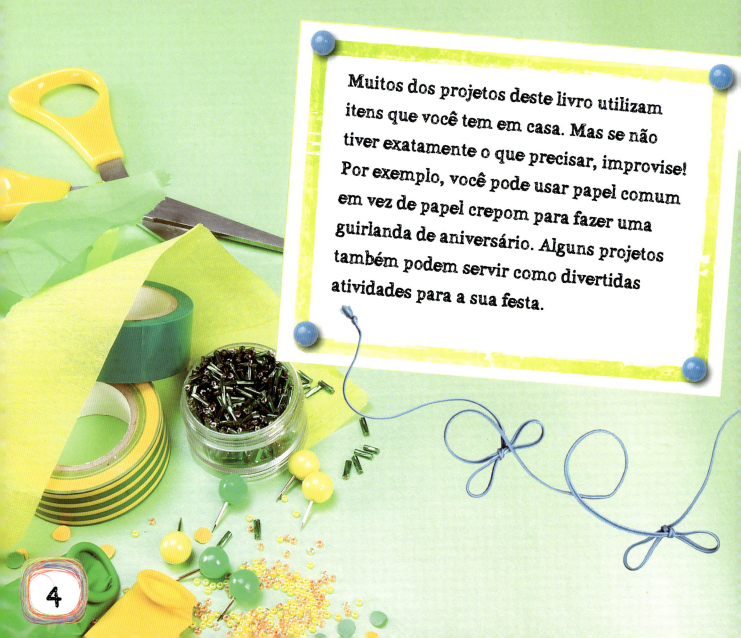

Aqui estão alguns dos itens de que você vai precisar para os projetos:

Tesoura – Certifique-se de ter uma boa tesoura para recortar materiais como papel, feltro e lã.

Cartolina – É barata e vem em todas as cores, mas você pode usar qualquer papel colorido para substituí-la.

Fitilho colorido – Esta é uma fita que pode ser torcida. Quando você passa a lâmina da tesoura, ela enrola. Sempre peça a um adulto para ajudá-lo.

Cola – Se um projeto necessita de cola, você pode usar qualquer uma que tiver em casa. A cola branca é padrão, diferente da usada em trabalhos artesanais, que é espessa e não espalha facilmente.

Lembre-se:
Toda vez que for executar um projeto, certifique-se de que a superfície em que irá trabalhar esteja sempre protegida com jornal ou plástico de fácil limpeza.

Convites

Comece sua festa agora mesmo confeccionando convites exclusivos.

VOCÊ VAI PRECISAR DE:
- Furador
- Quatro cores diferentes de papel
- Cartolina
- Tesoura
- Cola
- Caneta de ponta fina
- Régua

⬆ Se for uma festa à fantasia, com tema de piratas, por exemplo, por que não transformar os balões em símbolos de pirata?

1º Passo

Corte a cartolina em partes de 6 cm x 12 cm. Dobre-as ao meio.

2º Passo

Desenhe balõezinhos nos papéis coloridos, depois recorte. Cole-os no cartão.

3º Passo

Faça furos no papel colorido, depois cole as bolinhas nos balõezinhos já recortados.

4º Passo

Desenhe cordões nos balões e escreva os detalhes da festa dentro do cartão.

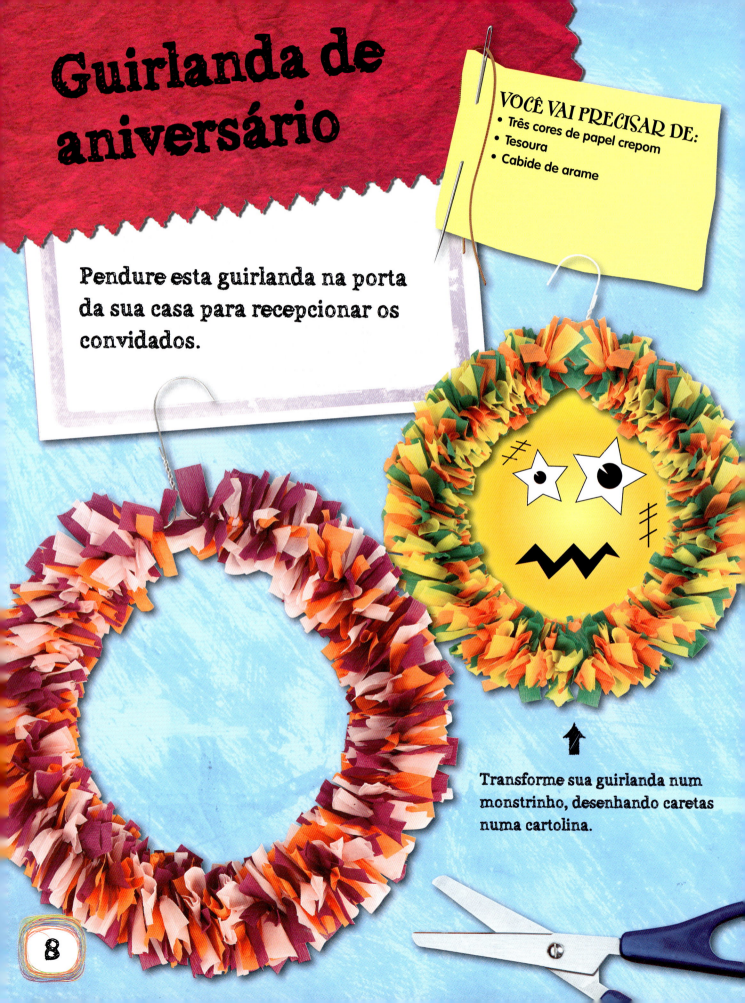

1º Passo

Modele o cabide para formar um círculo. Não precisa ser perfeito. Peça a um adulto para ajudá-lo a manuseá-lo com um alicate se estiver muito difícil.

2º Passo

Corte tiras de papel crepom de diferentes cores.

3º Passo

Torça cada tira ao meio uma vez, deixando-as parecidas com um laço.

4º Passo

Posicione as tiras sob o arame do cabide e torça uma vez. Faça isso até a guirlanda ficar cheia de tirinhas.

Cartões de agradecimento

VOCÊ VAI PRECISAR DE:
- Tinta acrílica
- Prato de plástico
- Cartolina
- Papel colorido
- Tesoura
- Régua
- Canetinhas
- Cola

Estes cartõezinhos são uma ótima maneira de agradecer a presença dos seus convidados. Também podem ser usados como convites.

Tente desenhar gravatas-borboleta para dar um visual mais elegante aos seus cartões.

1º Passo — Corte cartões de 6 cm x 12 cm. Dobre a parte maior ao meio.

2º Passo — Despeje um pouco da tinta guache no prato de plástico. Coloque a ponta do dedo na tinta. Depois, pressione-o na capa do cartão.

10

3º Passo
Quando a tinta estiver seca, desenhe caretas engraçadas nas marcas de dedo.

4º Passo
Corte chapéus de festa nos papéis coloridos e cole-os nas carinhas engraçadas que você fez.

5º Passo
Use as canetinhas para desenhar cabelos nas suas carinhas, depois, escreva sua mensagem.

11

Amigo de meia

VOCÊ VAI PRECISAR DE:
- Uma meia para cada convidado
- Tesoura
- Arroz cru
- Elásticos
- Feltro branco e preto
- Pompom
- Lã vermelha ou rosa
- Cola para artesanato

Peça para cada convidado trazer uma meia velha, ou forneça uma meia a cada um para confeccionarem esta lembrança.

➡ Tente trocar os "chapeuzinhos" das meias entre os seus amigos.

1º Passo

Corte a meia em duas partes, logo abaixo do calcanhar.

2º Passo

Encha aproximadamente dois terços da meia com arroz. Feche a extremidade da meia, prendendo-a com um elástico.

3º Passo

Corte o calcanhar da outra parte da meia. Vire o resto da meia ao avesso e amarre a extremidade cortada com um elástico.

4º Passo

Vire a meia para o lado de fora para fazer o chapéu. Coloque-o na "cabeça" da meia.

5º Passo

Corte olhinhos de feltro e cole-os. Cole um nariz de pompom e uma boca de lã. Deixe secar.

Boné de jornal

Peça a um amigo ou um adulto para ajudá-lo a fazer estes incríveis bonés na preparação de sua festa.

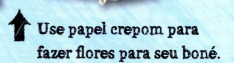
Use papel crepom para fazer flores para seu boné.

1º Passo

Para cada boné, abra cinco ou seis folhas de jornal. Empilhe-as em diferentes ângulos, para que fiquem embaralhadas.

2º Passo

Coloque as folhas em cima da cabeça de seu amigo. Pressione para formar a parte de cima do boné.

VOCÊ VAI PRECISAR DE:
- Jornal
- Fita crepe
- Tesoura

3º Passo

Passe a fita ao redor do jornal para preservar a forma.

4º Passo

Retire o boné e enrole as pontas para formar uma aba, depois, corte-as para fazer um boné em estilo basebol.

15

Sacolinhas de surpresa

VOCÊ VAI PRECISAR DE:
- Canetinha
- Balas
- Sacos de papel pequenos
- Cartolina colorida
- Tesoura
- Cola para artesanato
- Grampeador
- Lã

Faça estas divertidas lembrancinhas para seus convidados levarem para casa!

1º Passo

Escreva o nome de cada convidado na parte de baixo do saquinho, com canetinha.

Tente cortar orelhinhas diferentes para fazer diversos tipos de animais.

16

2º Passo

Coloque um pouco de balas ou pequenos brinquedos dentro de cada saco. Dobre um terço da parte de cima do saquinho e grampeie.

3º Passo

Corte, na cartolina colorida, um nariz, orelhas e olhos para cada saquinho.

4º Passo

Cole as partes no saquinho. Você pode fazer todos iguais ou cada um de uma forma.

5º Passo

Faça bigodes da lã, depois cole próximo do nariz. Deixe secar.

17

Monstrinho

VOCÊ VAI PRECISAR DE:
- Sacos de papel marrons
- Grampeador
- Balas
- Tiras de jornal
- Farinha
- Água
- Barbante
- Tigela descartável
- Tinta acrílica
- Papel colorido
- Fita adesiva

Basta pendurar o monstrinho em algum lugar alto e, durante a festa, brincar de quem irá estourá-lo!

 Use verde fluorescente para um visual de arrepiar!

1º Passo

Encha um saquinho com balas até a metade. Faça bolinhas de jornal para preencher o resto do saquinho.

2º Passo

Corte um pedaço comprido de barbante, o suficiente para pendurar o monstrinho. Passe o barbante pela parte superior do saquinho, depois, dobre. Grampeie as pontas para fechar.

3º Passo

Faça uma mistura de água e farinha em uma tigela, depois, mergulhe o jornal nela. Cubra o saco com as tiras, em seguida, pinte com a mistura.

4º Passo

Quando o jornal estiver totalmente seco (isso pode levar algumas horas), pinte o saquinho. Deixe secar.

5º Passo

Faça braços, pernas e cabelo com tirinhas de papel e cole-os; depois, pinte uma cara engraçada.

19

Amiguinhos de lã

VOCÊ VAI PRECISAR DE:
- Um novelo de lã, pode ser, também, duas ou três cores diferentes
- Papelão
- Tesoura
- Pedaços de feltro
- Cola para artesanato

Estes divertidos amigos funcionam como uma atividade para a festa e como lembrancinha. Todo mundo vai achar fácil e rápido de fazer.

1º Passo

Corte um pedaço de papelão de aproximadamente 12 cm x 6 cm.

2º Passo

Passe lã ao redor da largura do papelão até obter um bolinho grosso. Você pode fazer de uma só cor ou com várias.

20

3º Passo

Corte a extremidade da lã. Com cuidado, retire o bolo de lã do papelão.

4º Passo

Corte um pedaço de lã de aproximadamente 12 centímetros. Amarre bem firme o centro do bolo.

5º Passo

Corte as voltas da lã em cada lado. Solte as pontas. Faça olhos com feltro e cole-os na lã para criar uma carinha.

Você pode usar as cores da escola ou de times esportivos.

Atirando balõezinhos

Transforme estes simples balõezinhos em uma divertida brincadeira para a festa. Não deixe de ter alguns prêmios simples para os vencedores.

VOCÊ VAI PRECISAR DE:
- Balões pequenos
- Açúcar
- Funil
- Caixas de papelão de tamanhos diferentes
- Papel
- Canetinhas
- Fita adesiva

1º Passo

Encaixe o funil no balão. Gradualmente, despeje açúcar. Faça um nó na ponta.

2º Passo

Corte as pontas de três outros balões. Encape o balão cheio com o balão cortado, começando pela extremidade amarrada. Repita o processo com os outros dois balões.

3º Passo

Escreva um valor para cada caixa num pedaço de papel colorido. Cole os papéis na parte da frente das caixas.

4º Passo

Para brincar, cada jogador joga os três balõezinhos nas caixas. Aquele que alcançar a maior pontuação vence.

Você pode decorar as caixas com papel de presente.

23

Enfeites de papel de seda

VOCÊ VAI PRECISAR DE:
- Papel de seda
- Tesoura
- Fechos
- Lã colorida
- Tesoura comum ou de picotar

Pendure estes enfeites coloridos no teto ou em galhos de árvores, se sua festa for ao ar livre.

➡ Use papéis de seda coloridos para fazer enfeites com as cores de seu time.

1º Passo

Corte pedaços de papel de seda de aproximadamente 50 cm x 50 cm. Você vai precisar de dez pedaços por enfeite.

2º Passo

Posicione os dez pedaços de papel de seda organizadamente. Começando por um lado, dobre-os algumas vezes, com dobras de aproximadamente 5 cm de largura.

3º Passo

Prenda o monte com um fecho. Passe a lã sob o fecho e faça um nó. Corte no comprimento necessário para pendurar.

4º Passo

Use a tesoura comum ou a de picotar para aparar as pontas do papel.

5º Passo

Separe as camadas do papel, com muito cuidado, para dar forma ao enfeite, puxando-as para cima.

Crachás

VOCÊ VAI PRECISAR DE:
- Cartolina colorida
- Tesoura
- Canetinhas metálicas
- Fita dupla face
- Fitilho colorido
- Furador
- Cola
- Lantejoulas

Faça estes lindos crachás para todos os seus convidados – é uma ótima maneira de se apresentar e fazer novos amigos.

Se for uma festa de Natal, por que não usar vermelho, branco e verde para um visual festivo?

1º Passo

Para cada crachá, corte a cartolina em partes de 6 cm x 16 cm. Dobre ao meio, pelo comprimento.

2º Passo

Corte pedaços de fitilho de diferentes cores e tamanhos. Peça a um adulto para ajudá-lo a enrolar as fitas com a tesoura.

3º Passo

Prenda com fita dupla face, deixando as voltas para o lado de fora. Coloque um pedaço de fita dupla face no centro e cole as fitas todas juntas.

4º Passo

Com o furador, faça um furo em cada lado do crachá e passe um pedaço de fitilho por eles. Amarre as pontas para fazer um colar.

5º Passo

Cole algumas lantejoulas na frente e escreva os nomes de seus convidados no centro.

Festão de aniversário

Pendure estes festões na porta ou na janela, ou, ainda, atrás da mesa da festa.

1º Passo

Faça os círculos nos quais serão escritas as letras; você pode usar uma xícara, por exemplo, na cartolina colorida. Recorte.

2º Passo

Recorte círculos o suficiente para escrever seu nome ou "Feliz Aniversário". Escreva uma letra em cada círculo.

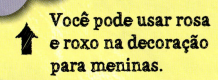

Você pode usar rosa e roxo na decoração para meninas.

VOCÊ VAI PRECISAR DE:
- Cartolina colorida
- Tigela ou xícara grande
- Lápis
- Barbante
- Fita adesiva
- Canetinhas
- Tesoura
- Furador

3º Passo

Faça dois furos no topo de cada círculo, com, aproximadamente, 2 centímetros de distância.

4º Passo

Passe o barbante pelos furos de cada círculo. Cole com um pedaço de fita adesiva na parte de trás para firmá-los.

5º Passo

Com o auxílio da fita adesiva, pendure seu festão na janela ou na parede.

29

Transformando com estilo

Se você não tiver tudo de que precisa para os projetos deste livro, não se preocupe – você pode customizar cada item com o que tiver em casa.

Página 6

Convites

Use papel reciclado para fazer seus convites. Folhetos e revistas antigas normalmente são bastante coloridos e você precisará apenas de um pedacinho de cada cor.

Página 12

Amigo de meia

Não há necessidade de comprar meias novas para este projeto, se você tiver meias sem par ou que estejam muito pequenas.

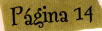

Página 14

Boné de jornal

Se você não tiver jornal para reciclar, pode usar papel de presente, papel de seda, ou o que tiver em casa.

Páginas 8 e 24

Guirlanda de aniversário e enfeites de papel de seda

Guarde enfeites de papel de seda e de papel crepom das festas para reciclar e transformar em novos enfeites. Não há necessidade de jogá-los fora depois da festa. Você pode reutilizá-los!

Página 28

Festão de aniversário

Em vez de usar cartolina nova para fazer os círculos, você pode confeccioná-los usando caixas, como as de cereal.

Papel reciclado

Inove embrulhando o presente do aniversariante com material que você já tem em casa. Tente plástico bolha, tirinhas de páginas de jornal, ou até uma sacola lisa, que você pode decorar com adesivos.

31

Índice

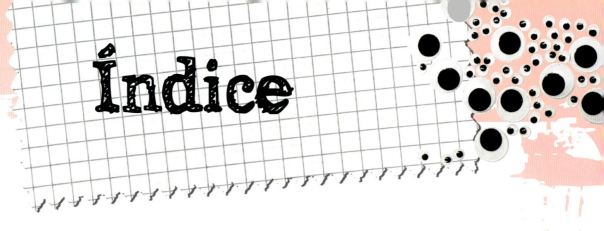

Amigo de meia 12-13, 30
Atirando balõezinhos 22-23
Boné de jornal 14-15, 30

Canetas metálicas 26
Cartões de agradecimento 10
Cartolina 5, 6, 7, 10, 26, 28, 29, 31
Cola 5, 6, 10, 26
Convites 6-7, 30
Crachás 26

Decorar 31

Enfeites de papel de seda 24-25, 31

Fitilho 5, 26, 27
Festa à fantasia 6
Feltro 12, 13, 20, 21
Furador 6, 26, 27, 29
Festa de Natal 26
Festão (de aniversário) 28-29, 31
Guirlanda de aniversário 4, 8-9, 31

Improvisar 4

Jogador 23

Limpeza 5
Lã 12, 13, 16, 17, 20, 21, 24, 25
Lembrancinhas 16-17, 20

Monstrinho 18, 19

Papel crepom 8, 9, 14, 31
Papel reciclado 30, 31
Papel de seda 24, 30, 31
Papel de presente 23, 30
Plástico bolha 31

Sacolinhas de surpresa 16-17